AF609958

LE BONHEUR

DES FRANÇAIS.

PAR FÉLIX AUGUSTE.

PARIS,

DE L'IMPRIMERIE DE J. G. DENTU;

ET CHEZ LES MARCHANDS DE NOUVEAUTÉS.

1815.

LE BONHEUR
DES FRANÇAIS.

LES circonstances du moment, toutes heureuses qu'elles sont en effet et pour les Français, et pour l'Europe, et pour l'univers en général, ne laissent pas pourtant, ce me semble, que de faire naître parmi trop de monde, et surtout parmi les amis du régime détruit, les bonapartistes, les républicains, les jacobins, et les personnes peu réfléchies, de toute opinion, des pensées chagrinantes et des observations amères. C'est par cette considération très-importante que je me permets de prendre la plume, dans le dessein et à l'effet, à ce que j'espère, de placer les mêmes circonstances dans leur vrai point de vue, et tout en consolant, en rassurant les amis du bon ordre et de ces principes sacrés desquels dépendent les conservations des trônes et le bonheur des peuples, d'opposer à ces tristes et faux raisonnemens des raisonnemens mieux fondés et plus solides, et par conséquent propres à en triompher et à les détruire.

Tout victorieux qu'ils me paraissent, ils n'occuperont pas cependant bien des momens, et possédant surtout le mérite d'être à la portée de tout le monde, porteront (c'est mon attente consolatrice) la sécurité, la confiance et le contentement dans les ames de tous, et cimenteront par là le beau, le superbe ouvrage que les souverains les plus dignes et les peuples les plus patriotes et les plus vertueux ont élevé pour l'honneur de notre siècle, et pour la gloire et l'instruction de l'humanité.

Ce sont les armées alliées établies sur le sol français qui font naître évidemment ces doutes, ces craintes et ces mécontentemens ; mais comme il sera démontré que ces armées étrangères ne nuisent aux Français que du côté de l'amour-propre, il est temps qu'une nation toute entière apprenne que l'amour-propre, et sur-tout le faux amour-propre, toujours nuisible à nos vrais intérêts, doit toujours se taire quand ce sentiment se trouve être en opposition avec ces derniers, et qu'elle sache faire, en pareil cas, ce sacrifice qu'individuellement nous nous voyons forcés de faire tous les jours de notre existence ; de l'éloigner alors, cet amour-propre, et de le mépriser, et sans scrupule, quand la faute originelle est en nous, et que nous ne devons ni ne pouvons accuser du mal dont nous nous plaignons, nul autre que nous-mêmes.

Trop heureux de pouvoir racheter à ce prix, par un sacrifice si mince, le bonheur que nous avons repoussé, et que nous nous voyons aujourd'hui si merveilleusement rendu.

Il est souvent nécessaire de prouver aux hommes l'existence positive de leur bonheur, pour qu'ils sachent qu'ils sont heureux ; car telle est la perversité de la nature humaine, telle est sa disposition prononcée à toujours vouloir se chagriner et se plaindre, que par fois au milieu de tout ce qui doit les contenter, au milieu des plus douces jouissances, ils persistent, malgré l'indulgence d'un sort souvent peu mérité, à vouloir être, malgré la nature, malheureux.

Ayant senti, Français, pendant tant d'années, la nécessité, selon vous, d'une grande force militaire pour vous défendre contre vos voisins, convenez aujourd'hui avec plus de raison, de la nécessité de cette force militaire pour vous défendre contre vous-mêmes : vous-mêmes le plus perfide, le plus cruel, le plus dangereux, et, strictement parlant, le seul ennemi que vous ayez à redouter.

Je ne recommencerai pas ici la longue kyrielle de ces maux inouis que cet ennemi seul vous a engendrés ; je me bornerai absolument à vouloir fixer votre attention sur ceux des quatre derniers mois, dont certes vous n'accuserez pas, vous n'oseriez accuser ni l'Europe, ni les Bourbons, si ce n'est en raison de leur excès d'indulgence, de leur magnanimité, peut-être coupable, pour ne pas avoir tari, il y a seize mois, la source d'où ils découlaient alors, et d'où trop douloureusement ils découlent encore. Et remarquez bien que tous ceux dont vous vous plaignez aujourd'hui, avec ou sans raison, tous ceux dont vous vous plaindrez par la suite, ne sont et ne seront imputables qu'à la même source empoisonnée à laquelle votre égarement fatal vous persuada de vous abreuver et de vous enivrer.

Or, cette force militaire vous étant devenue nécessaire, indispensable pour votre tranquillité intérieure, pour vous défendre contre vous-mêmes, eh! que vous importe que cette force soit française ou anglaise, prussienne, russe ou allemande? Payer pour payer, pas essentielle est la différence; et dans cette dernière alternative, dans le cas d'une force étrangère, vous gagnez un avantage énorme qui tourne tout à votre profit, qui manque absolument, et qui manquera toujours, à une force indigène; et ceci d'une manière si frappante, comme je vais vous démontrer, que ce seront vos prétendus ennemis, les alliés, vos meilleurs amis, qui vont y perdre, et sur-tout leurs pays respectifs, comme vous allez en convenir vous-mêmes.

Vous ne vous effrayâtes nullement, l'autre jour, quand Bonaparte vous fit présenter, *sur papier il est vrai, ce qui n'est qu'un article de plus à ajouter à son charlatanisme sans exemple, et à son impudente tromperie, car jamais telle force n'a existé en effet,* un état de trois cents et quelques milliers d'hommes à entretenir, pour repousser soi-disant les agressions menacées des coalisés, et assurer votre tranquillité intérieure contre les ennemis intestins !

Vous y consentîtes par acclamation, s'il faut s'en rapporter aux voix des deux chambres et à l'assemblée du Champ-de-Mai, témoins que je suis en droit d'invoquer comme les véritables organes de l'opinion nationale, pour réfuter et confondre cette partie de la nation spécialement, à laquelle le présent écrit s'adresse. Eh! bien, il est aujourd'hui constant que cette force, telle qu'elle était, étant détruite, anéantie par les évènemens de la guerre, étant impossible à remplacer par votre population trop déchirée, et de laquelle vous n'avez que trop abusé, à moins que de vouloir arracher à la terre, à vos fabriques, au commerce et à la navigation renaissante, la faible portion que ces ravages affreux leur ont laissée. Il est constant aujourd'hui que, pour la tranquillité intérieure, il vous faut une force équivalente, et sur-tout *une force non traîtresse et susceptible de changer de sentiment sur l'objet qu'elle doit protéger, comme l'était votre force militaire d'hier, qui tournait à chaque instant de casaque et de cocarde, d'opinion et de serment, en raison des circonstances;* force délibérante quand elle ne dut être qu'obéissante, qui calculait toujours son intérêt personnel au-dessus de celui de son pays, de leur honneur et de tout ce qui devrait honnêtement les intéresser.

Cette force étrangère tant redoutée, malgré tout ce qu'il peut y avoir de choquant dans le mot, toujours fidelle à ses engagemens, ne vous sera jamais, autant qu'elle durera, plus onéreuse ni plus oppressive qu'une force indigène; mais apportera au contraire, avec elle, des dédommagemens si forts, que jamais une armée française, fût-elle même composée comme furent vos armées avant la révolution, ne pourrait vous en offrir de semblables. Les voici ces dédommagemens :

On ne me disputera pas, j'espère, que l'armée française, depuis la révolution, étant toute composée de soldats de fortune, n'avait rien par elle-même; rien, absolument rien, hors ce qu'elle possédait en vertu de ses épaulettes, et qu'elle tirait exclusivement de la bourse de la nation. Ce qu'elle savait tirer de l'étranger par ses conquêtes et ses contributions, ses confiscations et ses vols révoltans, exercés souvent sur des alliés, ne doit point figurer ici. Or donc cette armée, ainsi composée et ainsi subsistant, se trouve être remplacée à cette époque par des armées anglaises, prussiennes, etc., etc. Et remarquez bien, je vous en prie, que ces armées n'étant point des armées révolutionnaires, et nullement formées d'après les principes de la révolution, *sont quelque chose par elles-mêmes*, indépendamment de l'honorable métier des armes qu'elles exercent aussi honorablement; que tous ses officiers sont gens de naissance, gens de famille, bien élevés, dans l'abondance et *dans le savoir d'en user,* ce qui est encore plus, et qui restera presque toujours une science inconnue à des gens enrichis par le hasard des circonstances.

Les officiers, tous fortunés de chez eux, et souvent les soldats mêmes ne sont pas sans ressource, retenus en France par leur service, ne laisseront pas chacun d'y dépenser, outre ses appointemens, ses revenus particuliers tirés de leur sol natal ; ce qui fait autant de gagné pour la France, comme autant de perdu pour le pays de leur origine. Très-grande considération, et qui mérite bien l'attention de leurs gouvernemens respectifs, ainsi que celle des Français qui n'auraient pas le même profit d'un corps d'officiers français de la même sorte, vu que ces derniers, en aucun cas, ne pourraient que rendre à la France, ce que la France leur aurait préalablement fourni.

Mais cela n'est encore que la moitié du bénéfice dont ce pays va jouir. En raison de ce que ces officiers étrangers se verront relégués chez vous par leur devoir militaire, leurs parens, leurs amis, dans l'impossibilité de les voir que par l'effet des congés très-rares, très-limités, et très-difficiles à obtenir, comme les circonstances l'exigeront, viendront en France les trouver; et ces visites ne seront jamais des *visites d'économie*, qui n'est pas plus dans l'esprit des Anglais que le défaut des moyens ne soit dans leurs fortunes. A cela ajoutez le goût toujours dominant des Anglais pour des voyages français, et l'assurance dès-lors avec laquelle ils se livreront à ce goût et parcoureront le continent, et l'on conviendra de suite qu'il ne peut y avoir ni chimère, ni exagération dans le calcul des richesses immenses qu'une telle position doit incessamment et constamment, pendant sa durée, verser sur les Français.

Après ce tableau consolateur qui ne regarde et ne présente qu'un faible aperçu des avantages pécuniaires, sans m'attacher au bonheur magnifique de se voir de nouveau non seulement en paix avec tout le monde, mais aussi considéré et caressé de toutes les nations qui le composent, considérons un instant le charme intérieur de cette existence vraiment libre et heureusement sage, que vous offre et vous assure un Roi paternel, natif de votre sol, naissant de votre sang, et représentant d'une famille illustre que tant de siècles ont consacé. Un Roi dont les vertus servent de modèle à chaque individu, comme elles les rendent à tous les souverains le digne objet de leur plus tendre amitié ; qui vous prépare à la fois avec tous les bienfaits de la paix extérieure, de l'estime des étrangers, toutes les jouissances paisibles et protectrices de la vie intérieure, et cette paix de l'ame sur-tout qui doit et qui ne peut uniquement naître que de l'approbation de nous-mêmes! Un Roi patriote qui ne vit que pour vous aujourd'hui, comme pour vous, pendant vingt-cinq ans, il a subi vingt-cinq mille morts et vingt-cinq mille martyres, par les délits sans cesse renouvelés d'un peuple en délire qui pendant tant d'années s'en est montré aussi indigne. Ce peuple cependant, pendant tout cet espace, n'a cessé d'occuper uniquement toutes ses pensées, et d'être sans interruption l'objet le plus chéri de ses efforts paternels et de ses pieuses prières.

Faut-il, pour faire valoir ce beau détail, mettre en contraste l'affreuse tyrannie du plus vil comme du plus atroce des aventuriers?

Non pas; dès aujourd'hui ce peuple

essentiellement bon par son naturel, mais esclave de nos jours d'une philosophie, si c'en est une, si funeste, sujette à des vertiges si malheureux, saura apprécier à sa juste valeur ce monarque si bienfaisant, et les bénédictions dont il les comble. Et bien revenus, bien dégoûtés de leurs erreurs meurtrières, les gens de bien, comme pour la plupart ils le sont, malgré les perversités étranges dont nous avons été les témoins étonnés, auront enfin assez d'énergie, assez de volonté pour comprimer les méchans et ne plus se laisser asservir, écraser, égorger et avilir par une poignée de misérables charlatans qui n'ont d'autre titre aux talens que leur audace, ni à la gloire que celui de leurs crimes. Dès ce jour ces infâmes doivent être en exécration à cette multitude de malheureux dont ils ont fait à la fois et leurs instrumens et leurs victimes, et qu'ils ont plongés, pour prix de leur confiance, dans l'abîme le plus horrible, dans les angoisses les plus mortelles.

Que l'expérience du passé ne soit point une instruction perdue, et puissent les bienfaits, et sur-tout la sagesse de l'avenir, vous dédommager de vos souffrances si prolongées, et faire disparaître les taches sanglantes que la révolution française a répandues sur vos annales. Rendus alors à vous-mêmes, aux vrais principes de la vertu, de la religion, et de la civilisation humaine, vous verrez partir ces étrangers avec regret, dont aujourd'hui vous condamnez le séjour; et vous reconnaîtrez sur tous ses rapports, combien ce séjour, regardé comme un malheur, vous a été vraiment un bienfait, et le terme unique de vos désastres et de votre avilissement.

FIN.

BIBLIOTHÈQUE ROYALE I

www.ingramcontent.com/pod-product-compliance
Ingram Content Group UK Ltd.
Pitfield, Milton Keynes, MK11 3LW, UK
UKHW020412250726
13967UKWH00006B/2613

9 782012 958593